ESSAI SUR LE DRAME SÉRIEUX

BEAUMARCHAIS

Éditions Nielrow - Dijon

2018

ISBN : 978-2-490446-03-2

ESSAI SUR LE GENRE DRAMATIQUE SÉRIEUX

PAR

PIERRE-AUGUSTIN CARON DE BEAUMARCHAIS

1767

AVANT-PROPOS

Eugénie, la pièce qui d'ordinaire suit le texte reproduit ici, est représentée pour la première fois en 1767. Le succès fut en deçà des espérances de son auteur, et il faut le dire, il restera encore à obtenir aujourd'hui. Si *Eugénie* n'est pas un chef-d'oeuvre, le texte qui sert d'introduction ou de préface à ladite pièce est d'un tout autre ordre. Certes, il n'est pas facile à lire, le style de Beaumarchais y est pour beaucoup, et les usures du temps sur le vocabulaire, la syntaxe, la sémantique, voire l'orthographe, bref, l'évolution du langage, et la tournure d'esprit faisant le reste. Cet écrit d'une portée générale, Beaumarchais l'illustre de remarques particulières concernant sa pièce. C'est aussi une justification appuyée d'une manière par ailleurs plus ou moins pertinente, par des références au théâtre de Diderot.

Et c'est finalement ce qui restera de la pièce elle-même et qui n'en fait pas partie.

Nielrow

ESSAI SUR LE GENRE DRAMATIQUE SERIEUX

(notes en fin d'ouvrage)

Je n'ai point le mérite d'être auteur ; le temps et les talens m'ont également manqué pour le devenir ; mais il y a environ huit ans que je m'amusai à jeter sur le papier quelques idées sur le drame sérieux ou intermédiaire entre la tragédie héroïque et la comédie plaisante. De plusieurs genres de littérature sur lesquels j'avois le choix d'essayer mes forces, le moins important peut-être étoit celui-ci : ce fut par là même qu'il obtint la préférence. J'ai toujours été trop sérieusement occupé pour chercher autre chose qu'un délassement honnête dans les lettres. *Neque semper arcum tendit Apollo* [1]. Le sujet me plaisoit, il m'entraîna ; mais je ne tardai pas à sentir que j'avois tort de vouloir convaincre par le raisonnement dans un genre où il ne faut que persuader par le sentiment. Alors je désirai avec passion de pouvoir substituer l'exemple au précepte ; moyen infaillible de faire des prosélytes lorsqu'on réussit, mais qui expose le malheureux qui échoue au double chagrin de manquer son but et de rester chargé du ridicule d'avoir présumé de ses forces.

Trop échauffé pour être capable de cette dernière réflexion, je composai le drame que je donne aujourd'hui. *Miss Fanny, Miss* Jenny, *Miss Poly*, etc., charmantes productions ! Eugénie eût gagné sans doute à vous avoir pour modèles ; mais elle étoit avant que vous eussiez vous-mêmes l'existence, sans laquelle on ne sert de modèle à personne. Je renvoie vos auteurs à la petite Nouvelle espagnole du comte de Belflor, dans le *Diable boiteux*. Elle fut la source où j'en puisai l'idée. Le foible parti que j'en ai tiré leur laissera peu de regrets de n'avoir pu m'être bons à quelque chose.

La fabrique du plan, ce travail rapide qui ne fait que jeter des masses, indiquer des situations, donner l'ébauche aux caractères, marchant avec chaleur, ne vit point ralentir mon courage ; mais, lorsqu'il fallut couper le sujet, l'étendre, le mettre en oeuvre, ma tête, refroidie par les détails de l'éxécution, connut la difficulté, s'effraya de l'entreprise, abandonna drame et dissertation. Et, tel qu'un enfant, rebuté des efforts qu'il a faits pour dérober des fruits trop élevés, se dépite et finit par se consoler en cueillant des fleurs au pied de l'arbre même, une chanson ou des vers à Thémire me firent oublier la peine inutile que j'avois prise.

Peu de temps après, M. Diderot donna son *Père de famille*. Le génie de ce poète, sa manière forte, le ton mâle et vigoureux de son ouvrage, devoient m'arracher le pinceau de la main ; mais la route qu'il venoit de frayer avoit tant de charmes pour moi que je consultai moins ma foiblesse que mon goût. Je repris mon drame avec une nouvelle ardeur, j'y mis la dernière main, et je l'ai depuis donné aux comédiens. Ainsi l'enfant, que le succès d'un homme rend opiniâtre, atteint quelquefois aux fruits qu'il avoit désirés. Heureux, en les goûtant, s'il ne les trouve pas remplis d'amertume ! Voilà l'histoire de la pièce.

Maintenant qu'elle est jouée, je vais examiner toutes les clameurs et les cesures qu"elle a occasionnées ; mais je ne relèverai que celles qui frappent directement sur le genre dans lequel je me suis plu à travailler, parce que c'est le seul point qui puisse intéresser aujourd'hui le public. Je m'impose à jamais silence sur les personnalités. *Jam dolor in morem venit meus* (Ovide). Je laisserai de même sans réponse tout ce qu'on a dit contre l'ouvrage, persuadé que le plus grand honneur qu'on ait pu lui faire, après celui de s'en amuser au théâtre, a été de ne pas le juger indigne de toute critique.

Et que l'on ne croie pas que je me pare ici d'une fausse modestie. Mon sang-froid sur la censure rigoureuse de la première représentation ne partoit ni d'indifférence ni d'orgueil ; il fut le fruit de ce raisonnement, qui me parut net et sans réplique : Si la critique est judicieuse, l'ouvrage n'a donc pu l'éviter ; ce n'est point le cas de m'en plaindre, mais celui de le rectifier au gré des censeurs, ou de l'abandonner tout à fait. Si quelque animosité secrète échauffe les esprits, j'ai deux motifs de tranquillité pour un. Voudrois-je avoir moins bien fait au prix de fermer la bouche à l'envie ? et pourrois-je me flatter de la désarmer quand je ferois mieux ?

J'ai vu des gens se fâcher de bonne foi de voir que le genre dramatique sérieux se faisoit des partisans. " Un genre équivoque, disoient-ils ; on ne sait ce que c'est. Qu'est-ce qu'une pièce dans laquelle il n'y a pas le mot pour rire, où cinq mortels actes de prose traînante, sans sel comique, sans maximes, sans caractères, nous tiennent suspendus au fil d'un évènement romanesque, qui n'a souvent pas plus de vraisemblance que de réalité ? N'est-ce pas ouvrir la porte à la licence, et favoriser la paresse, que de souffrir de tels ouvrages ? La facilité de la prose dégoûtera nos jeunes gens du travail pénible des vers, et notre théâtre retombera bientôt dans la barbarie d'où nos poètes ont eu tant de peine à le tirer. Ce n'est pas que quelques-unes de ces pièces ne m'aient attendri je ne sçais comment ; mais c'est qu'il seroit affreux qu'un pareil genre prit, outre qu'il ne convient point du tout à notre nation. Chacun sçait ce qu'en ont pensé des auteurs célèbres dont l'opinion fait autorité. Ils l'ont proscrit, comme un genre également désavoué de Melpomène et de Thalie. Faudra-t-il créer une Muse nouvelle pour présider à ce cothurne trivial, à ce comique échâssé ? Tragi-comédie, tragédie bourgeoise, comédie larmoyante, on ne sçait quel nom donner à ces productions monstrueuses ! Et qu'un chétif auteur ne vienne pas se targuer des suffrages momentanés du public, juste salaire du travail et du talent des comédiens !... Le public !... qu'est-ce encore que le public ? Lorsque cet être collectif vient à se dissoudre, que les parties s'en dispersent, que reste-t-il pour fondement de l'opinion générale, sinon celle de chaque individu, dont les plus éclairés ont une influence naturelle sur les autres qui les ramène tôt ou tard à leur avis ? D'où l'on voit que c'est au jugement du petit nombre, et non à celui de la multitude, qu'il faut s'en rapporter.

C'est assez : osons répondre à ce torrent d'objections, que je n'ai ni affoiblies ni fardées en les rapportant. Commençons par nous rendre notre juge favorable en défendant ses droits. Quoi qu'en disent les censeurs, le public assemblé n'en est pas moins le seul juge des ouvrages destinés à l'amuser ; tous lui sont également soumis, et vouloir arrêter les efforts du génie dans la création d'un nouveau genre de spectacle, ou dans l'extension de ceux qu'il connoît déjà, est un attentat contre ses droits, une entreprise contre ses plaisirs. Je conviens qu'une vérité difficile sera plutôt rencontrée, mieux saisie, plus sainement jugée, par un petit nombre de personnes éclairées que par la multitude en rumeur, puisque sans cela cette vérité ne devroit pas être appelée difficile ; mais les objets de goût, de sentiment, de pur effet, en un mot, de spectacle, n'étant jamais admis que sur la sensation puissante et subite qu'ils produisent dans tous les spectateurs, doivent-ils être jugés sur les mêmes règles ? Lorsqu'il est moins question de discuter et d'approfondir que de sentir, de s'amuser ou d'être touché, n'est-il pas aussi hasardé de soutenir que le jugement du public ému est faux et mal porté qu'il le seroit de prétendre qu'un genre de spectacle dont toute une nation auroit été vivement affectée, et qui lui plairoit généralement, n'auroit pas le degré de bonté convenable à cette nation ? De quel poids seront contre le goût du public les satires de quelques auteurs sur le drame sérieux, surtout lorsque leurs plaisanteries calomnient des ouvrages charmans en ce genre sortis de leur plume ? Outre qu'il faut être conséquent, c'est que l'arme légère et badine du sarcasme n'a jamais décidé d'affaires ; elle est seulement propre à les engager, et tout au plus permise contre ces poltrons d'adversaires qui, retranchés derrière des monceaux d'autorité, refusent de prêter le collet aux raisonneurs en rase campagne. Elle convient encore à nos beaux esprits de société, qui ne font qu'effleurer ce qu'ils jugent et sont comme les troupes légères ou les enfans perdus de la littérature. Mais ici, par un renversement singulier, les graves auteurs plaisantent, et les gens du monde discutent. J'entends citer partout de grands mots et mettre en avant, contre le genre sérieux, Aristote, les anciens, les poétiques, l'usage du théâtre, les règles et surtout les règles, cet éternel lieu commun des critiques, cet épouvantail des esprits ordinaires. En quel genre a-t-on vu les règles produire des chefs-d'oeuvre ? N'est-ce pas au contraire les grands exemples qui de tout temps ont servi de base et de fondement à ces règles, dont on fait une entrave au génie en intervertissant l'ordre des choses ? Les hommes eussent-ils jamais avancé dans les arts et les sciences s'ils avoient servilement respecté les bornes trompeuses que leurs prédécesseurs y avoient precrites ? Le nouveau monde seroit encore dans le néant pour nous si le hardi navigateur génois n'eût pas foulé aux pieds ce *nec plus ultrà* [3] des colonnes d'Alcide, aussi menteur qu'orgueilleux. Le génie curieux, impatient, toujours à l'étroit dans le cercle des connoissances acquises, soupçonne quelque chose de plus que ce qu'on sçait ; agité par le sentiment qui le presse, il se tourmente, entreprend, s'agrandit, et, rompant enfin la barrière du préjugé, il s'élance au delà des bornes connues. Il s'égare quelquefois, mais c'est lui seul qui porte au loin dans la nuit du possible le fanal vers lequel on s'empresse de le suivre. Il a fait un pas de géant, et l'art s'est étendu... Arrêtons-nous. Il ne s'agit point ici de disputer avec feu, mais de discuter froidement. Réduisons donc à des termes simples une question qui n'a jamais été bien posée. Pour la porter au tribunal de la raison, voici comment je l'énoncerois :

Est-il permis d'essayer d'intéresser un peuple au théâtre, et de faire couler ses larmes sur un évènement tel qu'en le supposant véritable et passé sous ses yeux entre des citoyens,il ne manqueroit jamais de produire cet effet sur lui ? Car tel est l'objet du genre honnête et sérieux. Si quelqu'un est assez barbare, assez classique, pour oser soutenir la négative, il faut lui demandersi ce qu'il entend par le mot drame ou pièce de théâtre n'est pas le tableau fidèle des actions des hommes. Il faut lui lire les romans de de Richardson, qui sont de vrais drames, de même que le drame est la conclusion et l'instant le plus intéressant d'un roman quelconque. Il faut lui apprendre, s'il l'ignore, que plusieurs scènes de *l'Enfant prodigue*, *Nanine* tout entière, *Mélanide*, *Cénie*, *le Père de famille*, *l'Ecossoise*, *le Philosophe sans le savoir*, ont déjà fait connoître de quelles beautés le genre sérieux est susceptible, et nous ont accoutumés à nous plaire à la peinture touchante d'un malheur domestique, d'autant plus puissante sur nos coeurs qu'il semble nous menacer de plus près. Effet qu'on ne peut jamais espérer au même degré de tous les grands tableaux de la tragédie héroïque.

Avant que d'aller plus loin, j'avertis que ce qui me reste à dire est étranger à nos fameux tragiques. Ils auroient également brillé dans toute autre carrière ; le génie naît de lui-même, il ne doit rien aux sujets et s'applique à tous. Je disserte sur le fond des choses en respectant le mérite des auteurs. Je compare les genres, et ne discute point les talens. Voici donc mon assertion.

Il est de l'essence du genre sérieux d'offrir un intérêt plus pressant, une moralité plus directe que la tragédie héroïque, et plus profonde que la comédie plaisante, toutes choses égales d'ailleurs.

J'entends déjà mille voix s'élever et crier à l'impie, mais je demande pour toute grâce qu'on m'écoute avant que de prononcer l'anathème. Ces idées sont trop neuves pour n'avoir pas besoin d'être développées.

Dans la tragédie des anciens, une indignation involontaire contre leurs dieux cruels est le sentiment qui me saisit à la vue des maux dont ils permettent qu'une innocente victime soit accablée. Oedipe, Jocaste, Phèdre, Ariane, Philoctète, Oreste, et tant d'autres, m'inspirent moins d'intérêt que de terreur. Etres désavoués et passifs, aveugles instrumens de la colère ou de la fantaisie de ces dieux, je suis effrayé bien plus qu'attendri sur leur sort. Tout est énorme dans ces drames : les passions toujours effrénées, les crimes toujours atroces, y sont aussi loin de la nature qu'inouïs dans nos moeurs ; on n'y marche que parmi des décombres, à travers des flots de sang, sur des monceaux de morts, et l'on n'arrive à la catastrophe que par l'empoisonnement, l'assassinat, l'inceste ou le parricide. Les larmes qu'on y répand quelquefois sont pénibles, rares, brûlantes ; elles serrent le front longtemps avant que de couler. Il faut des efforts incroyables pour nous les arracher, et tout le génie d'un sublime auteur y suffit à peine.

D'ailleurs les coups inévitables du Destin n'offrent aucun sens moral à l'esprit. Quand on ne peut que trembler et se taire, le pire n'est-il pas de réfléchir ? Si l'on tiroit une moralité d'un pareil genre de spectacle, elle seroit affreuse, et porteroit au crime autant d'âmes, à qui la fatalité serviroit d'excuse, qu'elle en décourageroit de suivre le chemin de la vertu, dont tous les efforts dans ce système ne garantissent de rien.S'il n'y a pas de vertus sans sacrifices, il n'y a point aussi de sacrifices sans espoir de récompense. Toute croyance de fatalité dégrade l'homme en lui ôtant la liberté hors de laquelle il n'y a nulle moralité dans ses action.

D'autre part, examinons quelle espèce d'intérêt les héros et les rois proprement dits excitent en nous dans la tragédie héroïque, et nous reconnoîtrons peut-être que ces grands évènemens, ces personnages fastueux, qu'elle nous présente, ne sont que des pièges tendus à notre amour-propre, auxquels le coeur se prend rarement. C'est notre vanité qui trouve son compte à être initiée dans les secrets d'une cour superbe, à entrer dans un conseil qui va changer la face d'un Etat, à percer jusqu'au cabinet d'une reine dont la vue du trône nous seroit permise à peine. Nous aimons à nous croire les confidens d'un prince malheureux, parce que ses chagrins, ses larmes, ses foiblesses, semblent rapprocher sa condition de la nôtre, ou nous consolent de son élévation ; sans nous en apercevoir, chacun de nous cherche à agrandir sa sphère, et notre orgueil se nourrit du plaisir de juger au théâtre ces maîtres du monde qui partout ailleurs peuvent nous fouler aux pieds. Les hommes sont plus dupes d'eux-mêmes qu'ils ne croient ; le plus sage est souvent mû par des motifs dont il rougiroit s'il s'en étoit mieux rendu compte. Mais, si notre coeur entre pour quelque chose dans l'intérêt que nous prenons aux personnages de la tragédie, c'est moins parce qu'ils sont héros ou rois que parce qu'ils sont hommes et malheureux. Est-ce la reine de Messène qui me touche en Mérope ? C'est la mère d'Egisthe : la seule nature a des droits sur notre coeur.

Si le théâtre est le tableau fidèle de ce qui se passe dans le monde, l'intérêt qu'il excite en nous a donc un rapport nécessaire à notre manière d'envisager les objets réels. Or, je vois que souvent un grand prince, au faîte du bonheur, couvert de gloire et tout brillant de succès, n'obtient de nous que le sentiment stérile de l'admiration, qui est étranger à notre coeur. Nous ne sentons peut-être jamais si bien qu'il nous est cher que lorsqu'il tombe en dans quelque disgrâce ; cet enthousiasme si touchant du peuple, qui fait l'éloge et la récompense des bons rois, ne le saisit guère qu'au moment qu'il les voit malheureux ou qu'il craint de les perdre. Alors sa compassion pour l'homme souffrant est un sentiment si vrai, si profond, qu'on diroit qu'il peut acquitter tous les bienfaits du monarque heureux. Le véritable intérêt du coeur, sa vraie relation, est donc toujours d'un homme à un homme, et non d'un homme à un roi. Aussi, bien loin que l'éclat du rang augmente en moi l'intérêt que je prends aux personnages tragiques, il y nuit au contraire. Plus l'homme qui pâtit est d'un état qui se rapproche du mien, et plus son malheur a de prise sur mon âme. " Ne seroit-il pas à désirer (dit M. Rousseau) que nos sublimes auteurs daignassent descendre un peu de leur continuelle élévation, et nous attendrir quelquefois pour l'humanité souffrante, de peur que, n'ayant de la pitié que pour des héros malheureux, nous n'en ayons jamais pour personne ? "

Que me font à moi, sujet paisible d'un Etat monarchique du XVIIIème siècle, les révolutions d'Athènes et de Rome ? Quel véritable intérêt puis-je prendre à la mort d'un tyran du Péloponèse ? au sacrifice d'une jeune princesse en Aulide ? Il n'y a dans tout cela rien à voir pour moi, aucune moralité qui me convienne. Car qu'est-ce que la moralité ? C'est le résultat fructueux et l'application personnelle des réflexions qu'un évènement nous arrache. Qu'est-ce que l'intérêt ? C'est le sentiment involontaire par lequel nous nous adaptons cet évènement, sentiment qui nous met en la place de celui qui souffre, au milieu de sa situation. Une comparaison prise au hasard dans la nature achèvera de rendre mon idée sensible à tout le monde. Pourquoi la relation du tremblement de terre qui engloutit Lima et ses habitans à trois mille lieues de moi me trouble-t-elle, lorsque celle du meurtre juridique de Charles 1er, commis à Londres, ne fait que m'indigner ? C'est que le volcan ouvert au

Pérou pouvoit faire son explosion à Paris, m'ensevelir sous ses ruines, et peut-être me menace encore, au lieu que je ne puis jamais appréhender rien d'absolument semblable au malheur inouï du roi d'Angleterre. Ce sentiment est dans le coeur de tous les hommes, il sert de base à ce principe certain de l'art, qu'il n'y a moralité ni intérêt au théâtre sans un secret rapport du sujet dramatique à nous. Il reste donc pour constant que la tragédie héroïque ne nous touche que par le point où elle se rapproche du genre sérieux, en nous peignant des hommes, et non des rois, et que, les sujets qu'elle met en action étant si loin de nos moeurs, et les personnages si étrangers à notre état civil, l'intérêt en est moins pressant que celui d'un drame sérieux, et la moralité moins directe, plus aride, souvent nulle et perdue pour nous, à moins qu'elle ne serve à nous consoler de notre médiocrité, en nous montrant que les grands crimes et les grands malheurs sont l'ordinaire partage de ceux qui se mêlent de gouverner le monde.

Après ce qu'on vient de lire, je ne crois pas avoir besoin de prouver qu'il y a plus d'intérêt dans un drmae sérieux que dans une pièce comique. Tout le monde sait que les sujets touchans nous affectent davantage que les sujets plaisans à égal degré de mérite. Il suffira seulement de développer les causes de cet effet, aussi constant que naturel, et d'examiner l'objet moral dans la comparaison des deux genres.

La gaieté légère nous distrait ; elle tire, en quelques façon notre âme hors d'elle-même, et la répand autour de nous ; on ne rit bien qu'en compagnie. Mais, si le tableau gai du ridicule amuse un moment l'esprit au spectacle, l'expérience nous apprend que le rire qu'excite en nous un trait lancé meurt absolument sur sa victime, sans jamais réfléchir jusqu'à notre coeur. L'amour-propre, soigneux de se soustraire à l'application, se sauve à la faveur des éclats de l'assemblée, et profite du tumulte général pour écarter tout ce qui pourroit nous convenir dans l'épigramme. Jusque-là, le mal n'est pas grand, pourvu qu'on n'ait livré à la risée publique qu'un pédant, un fat, une coquette, un extravagant, une imbécile, une bamboche, en un mot tous les ridicules de la société. Mais la moquerie qui les punit est-elle l'arme avec laquelle on doit attaquer le vice ? Est-ce en plaisantant qu'on croit l'atterrer ? Non seulement on manqueroit son but, mais on feroit précisément le contraire de ce qu'on s'étoit proposé. Nous le voyons arriver dans la plupart des pièces comiques ; à la honte de la morale, le spectateur se surprend trop souvent à s'intéresser pour le fripon contre l'honnête homme, parce que celui-ci est toujours le moins plaisant des deux. Mais, si la gaieté des scènes a pu m'entraîner un moment, bientôt, humilié de m'être laissé prendre au piège des bons mots ou du jeu théâtral, je me retire mécontent de l'auteur de l'ouvrage et de moi-même. La moralité du genre plaisant est donc ou peu profonde, ou nulle, ou même inverse de ce qu'elle devroit être au théâtre.

Il n'en est pas ainsi de l'effet d'un drame touchant puisé dans nos moeurs. Si le rire bruyant est ennemi de la réflexion, l'attendrissement, au contraire, est silencieux ; il nous recueille, il nous isole de tout. Celui qui pleure au spectacle est seul, et plus il le sent, plus il pleure avec délices, et surtout dans les pièces du genre honnête et sérieux, qui remuent le coeur par des moyens si vrais, si naturels. Souvent, au milieu d'une scène agréable, une émotion charmante fait tomber des yeux des larmes abondantes et faciles, qui se mêlent aux traces du sourire et peignent sur le visage l'attendrissement et la joie. Un conflit si touchant n'est-il pas le plus beau triomphe de l'art, et l'état le plus doux pour l'âme sensible qui l'éprouve ?

L'attendrissement a de plus cet avantage moral sur le rire, qu'il ne se porte sur aucun objet sans agir en même temps sur nous par une réaction puissante.

Le tableau du malheur d'un honnête homme frappe au coeur, l'ouvre doucement, s'en empare, et le force bientôt à s'examiner soi-même. Lorsque je vois la vertu persécutée, victime de la méchanceté, mais toujours belle, toujours glorieuse et préférable à tout, même au sein du malheur, l'effet du drame n'est point équivoque, c'est à elle seule que je m'intéresse ; et alors, si je ne suis pas heureux moi-même, si la basse envie fait ses efforts pour me noircir, si elle m'attaque dans ma personne, mon honneur ou ma fortune, combien je me plais à ce genre de spectacle, et quel beau sens moral je puis en tirer ! Le sujet m'y porte naturellement ; comme je ne m'intéresse qu'au malheureux qui souffre injustement, j'examine si par légèreté de caractère, défaut de conduite, ambition démesurée, ou concurrence malhonnête, je me suis attiré la haine qui me poursuit, et ma conclusion est sûrement de chercher à me corriger. Ainsi, je sors du spectacle meilleur que je n'y suis entré, par cela seul que j'ai été attendri.

Si l'injure qu'on me fait est criante et vient plus du fait d'autrui que du mien, la moralité du drame attendrissant sera plus douce encore pour moi ; je descendrai dans mon coeur avec plaisir, et là, si j'ai rempli tous mes devoirs envers la société, si je suis bon parent, maître équitable, ami bienfaisant, homme juste et citoyen utile, le sentiment intérieur me sonsolant de l'injure étrangère, je chérirai le spectacle qui m'aura rappelé que je tire de l'exercice de la vertu la plus grande douceur à laquelle un homme sage puisse prétendre, celle d'être content de lui, et je retournerai pleurer avec délices au tableau de l'innocence ou de la vertu persécutée.

Ma situation est-elle heureuse au point que le drame ne puisse m'offrir aucune application personnelle, ce qui est pourtant assez rare, alors, la moralité tournant toute au profit de ma sensibilité, je me saurai gré d'être capable de m'attendrir sur des maux qui ne peuvent me menacer ni m'atteindre ; cela me prouvera que mon âme est bonne et ne s'éloigne pas de la pratique des vertus bienfaisantes. Je sortirai satisfait, ému et aussi content du théâtre que de moi-même.

Quoique ces réflexions soient sensiblement vraies, je ne les adresse pas indistinctement à tout le monde. L'homme qui craint de pleurer, celui qui refuse de s'attendrir, a un vice dans le coeur, ou de fortes raisons de n'oser y rentrer pour compter avec lui-même ; ce n'est pas à lui que je parle, il est étranger à tout ce que je viens de dire. Je parle à l'homme sensible, à qui il est souvent arriver de s'en aller aussitôt après un drame attendrissant. Je m'adresse à celui qui préfère l'utile et douce émotion où le spectacle l'a jeté à la diversion des plaisanteries de la petite pièce, qui, la toile baissée, ne laissent rien dans le coeur.

Pour moi, lorsqu'un sujet tragique m'a vivement affecté, mon âme s'en occupe délicieusement pendant l'intervalle des deux pièces, et je sens longtemps que je me prête à regret à la seconde. Il me semble alors que mon coeur se referme par degrés, comme une fleur ouverte aux premiers soleils du printemps se resserre le soir à mesure que le froid de la nuit succède à la chaleur du jour.

Quelqu'un a prétendu que le genre sérieux devoit avoir plus de succès dans les provinces qu'à Paris, parce que, disoit-il, on vaut mieux là qu'ici, et que plus on est corrompu, moins on se plaît à être touché. Il est certain que celui qui fit interdire son père, enfermer son fils, qui vit dans le divorce avec sa femme, qui dédaigne son obscure famille, qui n'aime personne, et qui fait, en un mot, profession publique de mauvais coeur, ne peut voir dans ce genre de spectacle, qu'une censure amère de sa conduite, un reproche public de sa dureté ; il faut qu'il fuie ou qu'il se corrige, et le premier lui convient toujours davantage. Son visage le trahiroit, son maintien accuseroit sa conscience : *Heu quam difficile est crimen non prodere vultu !* [4] dit Ovide. Et l'on ne peut s'empêcher d'avouer que ces désordres sont plus sensibles dans la capitale que partout ailleurs. Mais cette réflexion est aussi trop affligeante pour être poussée plus loin ; j'aime mieux tourner son propre argument contre mon observateur, et le succès d'*Eugénie* m'y servira d'autant mieux que cette pièce, faiblement travaillée, fait peut-être moins d'honneur à l'esprit qu'au coeur de son auteur. Puisque c'est en faveur du sentiment et de l'honnêteté de la morale qu'on a fait grâce aux défauts de l'ouvrage, il en faut conclure que Paris ne le cède point en sensibilité aux provinces du royaume ; et, pour moi, je crois que, si les vices qui frappent mon censeur y semblent plus communs, c'est seulement en raison composée du plus grand nombre d'hommes que cette ville rassemble et de l'élévation du théâtre sur lequel ils sont placés.

On reproche au genre noble et sérieux de manquer de nerf, de chaleur, de force ou de sel comique, car le *vis comica* [5] des Latins renferme toutes ces choses. Voyons si ce reproche est fondé. Tout objet trop neuf pour présenter en soi des règles positives de discussion se juge par analogie à des objets de même nature, mais plus connus. Appliquons cette méthode à la question présente. Le drame sérieux et touchant tient le milieu entre la tragédie héroïque et la comédie plaisante. Si je l'examine par le côté où il s'élève au tragique, je me demande : la chaleur et la force d'un être théâtral se tirent-elles de son état civil ou du fond de son caractère ? Un coup d'oeil sur les modèles que la nature fournit à l'art imitateur m'apprend que la vigueur de caractère n'appartient pas plus au prince qu'au particulier. Trois hommes s'élèvent du sein de Rome et se partagent l'empire du monde. Le premier est lâche et pusillanime ; le second, vaillant, présomptueux et féroce ; et le troisième, un fourbe adroit, qui dépouille les deux autres. Mais Antoine et Octave montèrent au triumvirat avec un caractère qui décida seul de la différence de leur sort dans la jouissance de l'usurpation commune. Et la mollesse de l'un, la violence de l'autre et l'astuce du dernier auroient eu également leur effet, quand il ne se fût agi entre eux que du partage d'une succession privée. Tout homme est lui-même par son caractère ; il est ce qu'il plaît au sort par son état, sur lequel ce caractère influe beaucoup ; d'où il suit que le drame sérieux, qui me présente des hommes vivement affectés par un évènement, est susceptible d'autant de nerf, de force ou d'élévation que la tragédie héroïque, qui me montre aussi des hommes vivement affectés, dans des conditions seulement plus relevées. Si j'observe le drame noble et grave par le point où il touche au comique, je ne puis disconvenir que le *vis comica* ne soit un moyen indispensable de la bonne comédie ; mais alors je demanderai pourquoi l'on imputeroit au genre sérieux un défaut de chaleur qui, s'il existe, ne peut provenir que de la maladresse de l'auteur. Puisque ce genre prend ses personnages au sein de la société, comme la comédie gaie, les caractères qu'il leur suppose doivent-ils avoir moins de vigueur, sortir avec moins de force, dans la douleur ou la colère d'un évènement qui engage l'honneur et la vie, que lorsque ces caractères sont employés à démêler des intérêts moins pressans, dans de simples embarras, ou dans des sujets purement comiques ? Aussi, quand tous les drames que j'ai ci-devant cités manqueroient de force comique, ce que je suis bien loin de penser ; quand même *Eugénie*, dont j'ose à peine parler après tous ces modèles, seroit encore plus foible, la question ne devroit jamais rouler que sur le plus ou le moins de capacité des auteurs, et non sur un genre qui de sa nature est le moins boursouflé, mais le plus nerveux de tous. De même qu'il seroit imprudent de dire du mal de l'épopée quand l'*Iliade* et *la Henriade* n'exiteroient pas, et encore que nous n'eussions à citer pour tout exemple en ce genre que le *Clovis* ou *la Pucelle* (j'entends celle de Chapelain).

Il s'élève une autre question, sur laquelle je dirai mon sentiment avec d'autant plus de liberté qu'elle n'est point formulée en objection contre le genre que je défends. On demande si le drame sérieux ou tragédie domestique doit s'écrire en prose ou en vers ? Par cette question, je vois déjà qu'il n'est point indifférent de l'écrire d'une ou d'autre manière, et c'est beaucoup. Mais il n'y a pas moyen d'appliquer à ce fait la méthode analogique, comme au pécédent : ici toutes raisons de préférence manquent, hors celles qui peuvent se tirer de la nature même des choses. Etablissons-les donc avec soin ; l'exemple de M. de La Mothe, quoiqu'un peu étranger à la question, ne servira pas moins à y répandre un grand jour. L'essai malheureux qu'il fit de la prose dans son *Oedipe* entraîne beaucoup d'esprits et les porte à se décider en faveur des vers. D'un autre côté, M. Diderot, dans son admirable ouvrage sur l'art dramatique, se décide pour la prose, mais seulement par sentiment et sans entrer dans les raisons qu'il a de la préférer. Les partisans des vers, dans le fait de M. de La Mothe, avoient aussi jugé par sentiment ; les uns et les autres ont également raison, parce qu'ils sont d'accord au fond. Ce n'est que faute d'explication qu'ils semblent divisés, et cette opposition apparente est précisément ce qui juge la question.

Puisque M. de La Mothe vouloit rapprocher son langage de celui de la nature, il ne devoit pas choisir le sujet tragique de son drame dans les familles de Cadmus, de Tantale, ou d'Atrée et de Thyeste. Ces temps héroïques et fabuleux, où l'on voit agir pêle-mêle et se confondre partout les dieux et les héros, grossissent à notre imagination les objets qu'ils nous présentent, et portent avec eux un merveilleux pour lequel le rythme pompeux et cadencé de la versification semble avoir été inventé, et auquel il s'amalgame parfaitement.Ainsi les héros d'Homère, qui ne paroissent que grands et superbes dans l'épopée, seroient gigantesques dans l'histoire en prose. Son langage trop vrai et trop voisin de nous est comme l'atelier du sculpteur, où tout est colossal. La poésie est le vrai piédestal qui met ces groupes énormes au point d'optique favorable à l'oeil, et il en est de la tragédie héroïque comme du poème épique. On eut donc raison de blâmer M. de La Mothe d'avoir traité le sujet héroïque d'*Oedipe* en langage familier. Peut-être eût-il fait une faute non moins grande contre la vérité, la vraisemblance et le bon goût, s'il eût traité en vers magnifiques un évènement malheureux arrivé parmi nous entre des citoyens. Car, suivant cette règle de la *Poétique* d'Aristote : *Comoedia enim deteriores, tragoedia meliores quam nunc sunt, imitari conantur* [6.] Si la tragédie doit nous représenter les hommes plus grands, et la comédie moindres qu'ils ne sont réellement, l'imitation de l'un et l'autre genre n'ayant pas une exacte vérité, leur langage n'a pas besoin d'être rigoureusement asservi aux règles de la nature. On fait faire à l'esprit humain autant de pas qu'on veut vers le merveilleux dès qu'on lui a fait une fois franchir les barrières du naturel ; les sujets n'ayant plus alors qu'une vérité poétique ou de convention, il s'accomode aisément de tout. Voilà pourquoi la tragédie s'écrit avec succès en vers, et la comédie indifféremment de l'une ou l'autre manière. Mais le genre sérieux, qui tient le milieu entre les deux autres, devant nous montrer les hommes absolument tels qu'ils sont, ne peut pas se permettre la plus légère liberté contre le langage, les moeurs ou le costume de ceux qu'il met en scène. "Mais, direz-vous, le langage de la tragédie est très différent de celui de l'épopée ; plus uni, moins chargé de métaphores et se rapprochant davantage de la nature, qui empêche qu'il ne s'adapte avec succès au genre sérieux ?" C'est bien dit. Faites seulement un pas de plus, et concluez avec moi que, plus ce langage s'en rapprochera, mieux il conviendra au genre ; ce qui ramène tout naturellement à préférer la prose, et c'est ce qu'a sous-entendu M. Diderot. En effet, si l'art du comédien consiste à me faire oublier le travail que l'auteur s'est donné d'écrire son ouvrage en vers, autant valoit-il qu'il ne prit pas une peine dont tout le mérite est dans la difficulté vaincue, genre de beauté qui fait peut-être honneur au talent, mais qui n'intéresse jamais personne en faveur du fond de l'ouvrage. Qu'on ne perde pas de vue, cependant, que c'est relativement au drame sérieux que je raisonne ainsi. Si je traitois un drame comique, peut-être voudrois-je à la gaieté du sujet joindre encore le charme de la poésie. Son coloris, moins vrai mais plus brillant que celui de la prose, donne à l'ouvrage l'air riche et fleuri d'un parterre. Si l'harmonie des vers ôte un peu de naturel aux choses fortes, en revanche elle échauffe les endroits foibles, et surtout est très propre à embellir les détails badins d'une pièce sans intérêt. Je ne sais point mauvais gré à l'homme qui me conduit à la promenade de me faire admirer toutes les beautés qui qui ornent son parc, et d'éloigner le terme de mon plaisir par l'agrément des détails et la variété des objets ; mais celui qui m'arrache à ma tranquillité pour m'entraîner avec lui dans une poursuite pénible ; celui dont on enlève la femme, la fille, l'honneur ou le bien, peut-il s'amuser en chemin ? Nous ne marchons que pour arriver ; s'il s'arrête en une carrière douloureuse, s'il me laisse entrevoir qu'il est moins pressé que moi de sortir des cruels embarras que ma compassion seule me fait partager, j'abandonne l'insensé, ou je fuis un barbare qui se joue de ma sensibilité.

Le genre sérieux n'admet donc qu'un style simple, sans fleurs ni guirlandes ; il doit tirer toute sa beauté du fond, de la texture, de l'intérêt et de la marche du sujet. Comme il est aussi vrai que la nature même, les sentences et les plumes du tragique, les pointes et les cocardes du comique, lui sont absolument interdites ; jamais de maximes, à moins qu'elles ne soient mises en action. Ses personnages doivent toujours y paroître sous un tel aspect qu'ils aient à peine besoin de parler pour intéresser. Sa véritable éloquence est celle des situations, et le seul coloris qui lui soit permis est le langage vif, pressé, coupé, tumultueux et vrai des passions, si éloigné du compas de la césure et de l'affectation de la rime que tous les soins du poète ne peuvent empêcher d'apercevoir dans son drame s'il est en vers. Pour que le genre sérieux ait toute la vérité qu'on a droit d'exiger de lui, le premier objet de l'auteur doit être de me transporter si loin des coulisses, et de faire si bien disparoître à mes yeux tout le badinage d'acteurs, l'appareil théâtral, que leur souvenir ne puisse pas m'atteindre une seule fois dans tout le cours de son drame. Or le premier effet de la conversation rimée, qui n'a qu'une vérité de convention, n'est-il pas de me ramener au théâtre et de détruire par conséquent toute l'illusion qu'on a prétendu me faire ? C'est dans le salon de Vanderk que j'ai tout à fait perdu de vue Préville et Brisard, pour ne voir que le bon Antoine et son excellent maître, et m'attendrir véritablement avec eux. Croyez-vous que cela me fût arrivé de même s'ils m'eussent récité des vers ? Non seulement j'aurois retrouvé les acteurs dans les personnages, mais, qui pis est,à chaque rime j'aurois aperçu le poète dans les acteurs. Alors toute la vérité si précieuse de cette pièce s'évanouissoit ; et cet Antoine si vrai, si pathétique, m'eût paru aussi gauche et maussade, avec son langage emprunté, qu'un naïf paysan qu'on affubleroit d'un riche habit de livrée, avec la prétention de me le montrer au naturel. Je pense donc, comme M. Diderot, que le genre sérieux doit s'écrire en prose. Je pense qu'il ne faut pas qu'elle soit chargée d'ornemens, et que l'élégance doit toujours y être sacrifiée à l'énergie, lorsqu'on est forcé de choisir entre elles.

Mon ouvrage est fort avancé si j'ai réussi à convaincre mes lecteurs que le genre sérieux existe, qu'il est bon, qu'il offre un intérêt très vif, une moralité directe et profonde, et ne peut avoir qu'un langage, qui est celui de la nature ; qu'outre les avantages communs avec les autres genres, il a de grandes beautés propres à lui seul ; que c'est une carrière neuve où le génie peut prendre un essor étendu, puisqu'elle embrasse tous les états de la vie et toutes les situations de chaque état ; où l'on peut de nouveau s'emparer avec succès des grands caractères de la comédie, qui sont à peu près épuisés sous leur titre propre ; enfin qu'il peut sortir de ce genre de spectacle une source abondante de plaisirs et de leçons pour la société. Reste à savoir si j'ai rempli dans le drame d'*Eugénie* tout ce que cet essai semble exiger de son auteur ; je suis loin de m'en flatter. La théorie de l'art peut être le fruit de l'étude et des réflexions ; mais l'exécution appartient au génie, qui ne s'apprend point.

Je n'ajouterois pas un mot de plus, si je n'avois aujourd'hui qu'à venger de sa chute un ouvrage tombé que j'aurois eu la foiblesse de croire bon. Mais il n'est peut-être pas indifférent d'assigner ici les véritables causes du succès d'une pièce dont on a dit autant de mal en y pleurant de bonne grâce. Cette contradiction apparente a cela de bon qu'elle ne peut faire la critique du drame sans faire en même temps l'éloge du genre, et c'est ce que je voulois surtout établir.

Un intérêt vif et soutenu, dit-on, a fait seul le succès d'*Eugénie*. D'accord ; mais cet intérêt n'est ni l'effet du hasard ni celui d'une boutade heureuse, comme on m'a fait l'honneur de le penser : il est la conséquence naturelle de principes vrais, qui n'ont pas besoin, comme les modèles de convention, d'être aperçus pour être sentis, parce qu'ils sont puisés dans la nature, qui ne trompe pas plus les ignorans que les savans. En les analysant avec moi, le lecteur verra bien que si mon drame n'est pas mieux fait, c'est moins parce que j'ai marché en aveugle dans un pays perdu que pour avoir mal exécuté ce que j'avois beaucoup combiné. Le drame lui-même suivra cette analyse ; ainsi mes moyens et mes fautes, étant sous les yeux de tout le monde, et montrant que le bien appartient à la chose et le mal à moi seul, serviront également à ceux qui voudront essayer de moissonner ce nouveau champ d'honneur.

Le sujet de mon drame est le désespoir où l'imprudence et la méchanceté d'autrui peuvent conduire une jeune personne innocente et vertueuse, dans l'acte le plus important de la vie humaine. J'ai chargé ce tableau d'incidens qui pouvoient encore en augmenter l'intérêt ; mais j'ai serré l'intrigue de telle sorte que le moins d'acteurs possible accomplissent tous les évènemens de ce jour, afin de réunir le double avantage, essentiel au genre sérieux, d'être fort dans les choses et simple dans la manière de les traiter. J'ai donné à tous mes personnages des caractères, non pris au hasard, ni propres à contraster ensemble (ce moyen, comme l'a très bien prouvé M. Diderot, est petit, peu vrai, et convient tout au plus à la comédie gaie), mais je les ai choisis tels qu'ils concourussent de la manière la plus naturelle à renforcer l'intérêt principal, qui porte sur Eugénie, et, combinant ensuite le jeu de tous ces caractères avec le fond de mon roman, j'ai trouvé pour résultat le fil de la conduite que chacun y devoit tenir, et presque ses discours.

J'avois dit : Ce n'est pas assez que mon héroïne soit graduellement tourmentée dans cette soirée jusqu'à l'excès de la douleur et du désespoir, je dois, pour la rendre aussi intéressante qu'elle est malheureuse, en faire un modèle de raison, de noblesse, de dignité, de vertu, de douceur et de courage ; je veux qu'elle soit seule et ne tire sa force que d'elle-même ; je vais donc tellement l'entourer que son père, son amant, sa tante, son frère, et jusqu'aux étrangers, tout ce qui aura quelque relation avec cette victime dévouée, ne fasse pas un pas, ne dise pas un mot qui n'aggrave le malheur dont je veux l'accabler aujourd'hui.

J'avois dit encore : Ce n'est pas assez que la masse des incidens pèse sur cette infortunée ; pour accroître le trouble et l'intérêt, je veux que la situation de tous les personnages soit continuellement en opposition avec leurs désirs et le caractère que je leur ai donné, et que l'évènement qui les rassemble ait toujours des aspects aussi douloureux que différens pour chacun d'eux. Ainsi Eugénie toute remplie de sa faute voudra la diminuer en l'avouant à son père, elle en sera détournée par sa tante et son époux. Aussitôt qu'elle aura préféré son devoir à toute autre considération, des lumières affreuses, des incidens funestes suivront cet aveu et la mettront, à la fin du drame, en un tel état que l'on ne puisse s'empêcher de trembler pour sa raison et pour sa vie.

Le comte de Clarendon, amoureux d'Eugénie, mais emporté par l'ambition, désirera cacher sous des apparences trompeuses la perfidie que cette passion lui fait faire à sa maîtresse ; son amour prêt à le trahir, et les incidens de cette soirée, le mettront sans cesse au point d'être démasqué. Lorsque la tendresse, le repentir et l'honneur le ramèneront aux pieds d'Eugénie, il ne rencontrera partout que hauteurs, duretés et refus ; ainsi sa situation, toujours opposée à son caractère et à son intérêt, le troublera sans relâche d'un bout à l'autre du roman.

Le baron Hartley, bon père, mais homme violent, voudra faire approuver à madame Murer l'établissement qu'il a projeté pour Eugénie ; mais il ne trouvera dans sa fille que silence et douleur, dans sa soeur qu'aigreur et emportemens. Aussitôt qu'il saura qu'Eugénie est femme du comte de Clarendon, aussitôt que son amour pour elle l'aura porté à lui pardonner son mariage, à le ratifier même, il apprendra que tout n'est qu'une horrible fausseté : furieux, il voudra se venger ; ses mesures seront rompues ; il confiera cette vengeance à son fils, l'évènement du combat le rendra plus malheureux qu'il n'était ; ainsi, le faisant passer sans cesse de la colère à la douleur, et de la douleur au désespoir, j'aurai rempli à son égard la tâche que je me suis imposée sur tous les personnages.

Madame Murer, fière, despotique, imprudente, et croyant avoir tout fait pour assurer le bonheur de sa nièce, éprouvera par les soupçons d'Eugénie, par l'éloignement obstiné de son frère, et par les discours peu mesurés du capitaine, une contrariété mortifiante pour son orgueil. A peine l'aveu d'Eugénie à son père et la paix rétablie auront-ils remis son amour-propre à l'aise que la certitude d'avoir été jouée la jettera dans une fureur incroyable. Elle combinera sa vengeance et s'en croira certaine, l'arrivée de son neveu renversera ce nouvel édifice ;enfin, l'état affreux d'Eugénie, les reproches de cette infortunée et les siens propres porteront la mort dans son âme, plus malheureuse encore de les avoir mérités que de s'en voir accablée !

Sir Charles, frère d'Eugénie, ne paroîtra qu'avec un homme qui vient de lui sauver la vie, et auquel il se flattera d'avoir bientôt d'autres obligations aussi importantes ; dans l'instant il apprendra que cet homme a déshonoré et trahi lâchement sa soeur. L'honneur le forcera tout à la fois d'être ingrat envers son bienfaiteur, de détester celui qu'il alloit aimer de toute son âme, et de sauver, contre son intérêt, un monstre qu'il ne peut plus qu'avoir en horreur. Bientôt il voudra s'en venger d'une manière honorable, le sort des armes trompera son espoir. Il ne sera pas moins à plaindre que les autres. Ainsi, le trouble général se fortifiant par le concours des troubles particuliers et l'évènement principal devenant de plus en plus affreux pour tout le monde, l'intérêt du drame pourra s'accroître jusqu'à un degré infini.

C'est ainsi que j'ai raisonné mon plan. Une autre cause principale, mais plus cachée, de l'intérêt de ce drame, est l'attention scrupuleuse que j'ai eue d'instruire le spectateur de l'état respectif et des desseins de tous les personnages. Jusqu'à présent les auteurs avoient pris autant de peine pour nous ménager des surprises passagères que j'en ai mis à faire précisément le contraire. Ecrivain de feu, philosophe poète, à qui la nature a prodigué la sensibilité, le génie et les lumières, célèbre Diderot, c'est vous qui le premier avez fait une règle dramatique de ce moyen sûr et rapide de remuer l'âme des spectateurs. J'avois osé le prévoir dans mon plan ; mais c'est la lecture de votre immortel ouvrage [7] qui m'a rassuré sur son effet. Je vous ai l'obligation d'en avoir osé faire la base de tout l'intérêt de mon drame. Il pouvoit être plus adroitement mis en oeuvre, mais la foiblesse de l'application n'en prouve que mieux l'efficacité du moyen.

En effet, dès qu'on sait qu'Eugénie est enceinte, qu'elle se croit et n'est pas la femme de Clarendon, qu'il doit en épouser une autre demain, que le frère de cette infortunée est à Londres secrètement et peut arriver d'un moment à l'autre, que son père ignore tout et va peut-être l'apprendre à l'instant, on prévoit qu'une catastrophe affreuse sera le fruit du premier coup de lumière qui éclairera les personnages. Alors le moindre mot qui tend à les tirer de l'ignorance où ils sont les uns à l'égard des autres jette le spectateur dans un trouble dont il est surpris lui-même. Comme le danger qu'ils ignorent est toujours présent à ses yeux, qu'il espère ou craint longtemps avant eux, il approuve ou blâme leur conduite, il voudroit avertir celle-ci, arrêter celui-là. J'ai vu des gens sensibles et naïfs, aux représentations de cette pièce, s'écrier dans les instans où Eugénie, abusée, trahie, est en pleine sécurité : *Ah ! la pauvre malheureuse !* Dans ceux où le lord élude les questions qu'on lui fait, échappe aux soupçons et emporte l'estime et l'amour de ceux qu'il trompe, je les ai entendus crier : *Va-t-en, scelérat !* La vérité qui presse arrache ces exclamations involontaires, et voilà l'éloge qui plaît à l'auteur et le paye de ses peines. L'on doit surtout remarquer que les morceaux qui ont déchiré l'âme dans cette pièce ne sont ni des phrases plus fortes ni des choses imprévues ; ils n'offrent que l'expression simple et vraie de la nature, à l'instant d'une crise d'autant plus pénible pour le spectateur qu'il l'a vue se former lentement sous ses yeux et par des moyens communs et foibles en apparence. Ceux qui liront *Eugénie* dans le véritable esprit où ce drame a été composé sentiront souvent que l'auteur a plus réfléchi qu'on ne croit lorsqu'il a préféré de dire plus en peu de mots que mieux en beaucoup de paroles. Alors le premier acte, qu'ils avoient peut-être trouvé long et froid, leur paroîtra si nécessaire qu'il seroit impossible de prendre le moindre intérêt aux autres si l'on n'avoit pas vu celui-là. C'est lui qui nous incorpore à cette malheureuse famille et nous fait prendre, sans nous en apercevoir, un rôle d'amis dans la pièce. Plus il y a de choses fortes ou extraordinaires dans un drame, et plus on doit les racheter par des incidens communs, qui seuls fondent la vérité. (C'est encore M. Diderot qui dit cela.) Que ne dit-il pas, cet homme étonnant ! Tout ce qu'on peut penser de vrai, de philosophique et d'excellent sur l'art dramatique, il l'a renfermé dans le quart d'un *in-douze*. J'aimerois mieux avoir fait cet ouvrage... Revenons au mien.

Après avoir décidé le caractère et la conduite de chaque personnage, j'ai cherché s'il y avoit quelque principe certain pour les faire parler convenablement à leur rôle. Dans un plan bien disposé, le fond des choses à dire est toujours donné par celui des choses à faire ; mais le ton de chacun n'en reste pas moins subordonné au génie et aux lumières de l'auteur, qui peut se tromper, soit en voyant mal ces rapports qu'il a dû combiner, soit en exécutant foiblement ce qu'il a bien préconçu. J'ai dit : Ceux qu'un grand intérêt occupe ne recherchent point leurs phrases, ils sont simples comme la nature ; lorsqu'ils se passionnent il peuvent devenir forts, énergiques, mais ils n'ont jamais ce qu'on appelle dans le monde de l'esprit. J'écrirai donc le fond du drame le plus simplement qu'il me sera possible. Le seul Clarendon pourra montrer de l'esprit, c'est-à-dire de l'affectation, quand il voudra tromper ; lorsqu'il sera de bonne foi, il n'aura dans la bouche que des choses naturelles et fortes que je trouverois dans mon coeur si j'étois à sa place.

Aux premiers actes, Eugénie sera noble, tendre et modeste dans ses discours ; ensuite touchante dans la douleur et presque muette dans le désespoir, comme toutes les âmes extrêmement sensibles. L'excès du malheur lui fera-t-il regarder la mort comme un refuge désirable et certain, alors son style, aussi exalté que son âme, sera modelé sur sa situation et un peu plus grand que nature.

Le baron, homme juste et simple dans ses moeurs, en aura constamment la tournure et le style ; mais, aussitôt qu'une forte passion l'animera, il jettera feu et flamme, et de ce brasier sortiront des choses vraies, brûlantes et inattendues.

Le ton de madame Murer sera le plus constant de tous. Le fond de ce caractère étant de ne douter de rien, la bonté, l'aigreur, la contradiction, la fureur, en un mot, tout ce qu'elle dira portera l'empreinte de l'orgueil, qui est toujours aussi confiant et superbe en paroles qu'imprudent et maladroit en actions.

Sir Charles doit être uni, reconnoissant dans sa première scène avec le comte de Clarendon, furieux, hors de lui, mais sublime s'il se peut, lorsque des ressentimens légitimes l'arracheront à sa tranquillité.

Si l'on me blâme d'avoir écrit ce drame trop simplement, j'avoue que je suis inexcusable, car je me suis donné beaucoup de peine pour l'écrire ainsi. Telle réponse qui paroît négligée a été substituée à une réplique plus travaillée qu'on y voyoit d'abord. Mais qu'il est difficile d'être simple ! Je me rappelle à ce sujet une lecture que je fis de l'ouvrage, il y a deux ou trois ans, à plusieurs gens de lettres. Après l'avoir attentivement écouté, l'un d'eux me dit avec une franchise estimable qui fut un coup de tonnerre pour moi : " Voulez-vous imprimer ce drame ou le faire jouer ? - Pourquoi ? - C'est qu'il est bien différent d'écrire pour être lu ou d'écrire pour être parlé. Si vous le destinez à l'impression, n'y touchez pas, il va bien ; si vous voulez le faire jouer un jour, montez-moi sur cet arbre si bien taillé, si touffu, si fleuri ; effeuillez, arrachez tout ce qui montre la main du jardinier. La nature ne met dans ses productions ni cet apprêt ni cette profusion. Ayez la vertu d'être moins élégant, vous en serez plus vrai. "

Je n'hésitai pas. Avec plus de génie je me serois rendu plus simple encore sans cesser d'être intéressant. Mais quand le style plat, aussi voisin du naïf en poésie que le pauvre l'est du simple en sculpture, m'auroit trompé, quand il me feroit échouer dix fois de suite, je m'accuserois, sans cesser de croire que le genre sérieux et touchant doit être écrit très simplement.

Voilà les principes sur lesquels j'ai composé le drame d'*Eugénie*. Cette analyse du plan me paroît donner les véritables raisons de l'intérêt que la pièce a inspiré. La lecture de l'ouvrage qui suit cet exposé, montrant combien l'exécution est restée au-dessous du projet, justifiera de même les critiques qu'on en a faites. *Eugénie* cessera d'être un problème pour beaucoup de gens, qui ne conçoivent pas encore comment l'enthousiasme et le dédain ont pu, dans le même temps, partager le public sur le même objet. A l'égard de ceux qui, sans examen comme sans appel, ont jugé la pièce absolument détestable, peut-être seront-ils à bon droit soupçonnés d'être hors d'état d'en juger une plus mauvaise encore.

Fin

NOTES

1– L'arc d'Apollon n'est pas toujours tendu.

2– J'ai maintenant l'habitude de mes peines.

3– Ce qu'il y a de mieux.

4– Oh ! Qu'il est dificile pour le visage de ne pas trahir le coeur.

5– La force comique.

6– La comédie vaut moins que la tragédie, et maintenant on essaie de l'imiter.

7– Le Père de Famille.

Éditions Nielrow
Dijon
Dépôt légal 4ème trimestre 2018